Escondido en el interior de la paja está el ratón.
Escucha voces. La cabra, el perro, la paloma, el caballo, el gato y
los cerdos hablan y ríen en círculo. Pero eso al ratón le es indiferente.
Está buscando comida.

El perro les dice a los demás:
—Yo soy el perro más manso del mundo. Siempre o casi siempre.
Pero ya veréis de lo que soy capaz.

Título original: **Böse** (Atlantis, un sello de Orell Füssli Verlag)
© 2016 Atlantis, Orell Füssli Sicherheitsdruck AG, Zúrich, Suiza

Traducción del alemán: Patric de San Pedro

Primera edición en castellano: febrero de 2018
© 2018, de la presente edición, Takatuka SL
www.takatuka.cat

Maquetación: Volta Disseny
Impreso en Novoprint

ISBN: 978-84-17383-02-2
Depósito legal: B 1089-2018

malo

Lorenz Pauli y Kathrin Schärer

El perro se esconde detrás del abrevadero.
Cuando el gallo pasa todo ufano, el perro se planta delante de un salto.

guaU

El gallo se lleva un susto de muerte.
Todos ríen.

—¡Ahora me toca a mí! —bala la cabra—.
Yo soy una cabra la mar de buena. Siempre o
casi siempre. Pero ya veréis de lo que soy capaz.

La cabra va dando saltitos hasta el huerto.
La puerta está abierta.
Se hincha de comer flores.
Las flores le cuelgan hasta de los cuernos.
Todos ríen.

Menos el gallo, que avisa al granjero con su cacareo.
El granjero echa a la cabra del huerto entre improperios.

—¡Ahora me toca a mí! —gorjea la paloma—. Yo soy
una paloma bien educada. Siempre o casi siempre.
Pero ya veréis de lo que soy capaz.

La paloma alza el vuelo y se eleva hasta el cielo.
Describe una curva y deja caer una cagarruta.
¡PLOF! La cagarruta aterriza en forma de mancha en
el sombrero del granjero. Todos ríen. Incluso el gallo.

—¡Ahora me toca a mí! —gruñe uno de los cerdos—.
Yo soy un cerdo afable. Siempre o casi siempre.
Pero ya veréis de lo que soy capaz. Nuestro comedero
está vacío. Me lo he comido todo yo solo.

Los otros cerdos chillan indignados.
Uno de los cerdos incluso muerde al cerdo
malo en una oreja.

—¡AY! ¡Que era broma!¡Que el granjero aún
no ha traído la comida!
Todos ríen.

El gato maúlla: —Pues ahora me toca a mí, según parece.
El caballo es demasiado bonachón. No sabría hacernos reír...

... Y justo en ese momento aparece el ratón.
Al principio solo se oyen unos crujidos.
Luego sale de entre la paja olisqueando.
Los pelos del bigote le tiemblan.
El ratón tiene hambre.
No se da cuenta de que está siendo observado.

El perro se queda mirando al gato.
El gallo se queda mirando al gato.
La cabra se queda mirando al gato.

El gato se va acercando al ratón.

Los cerdos se quedan mirando al gato.
La paloma se queda mirando al gato.

El gato se aproxima, sigiloso, cada vez más.

El caballo se queda mirando al gato.
El gato se agacha.
No pierde de vista al ratón ni un instante.

Cerca del caballo, el ratón encuentra un par de granos
de maíz. Se pone a comer.

Entonces el caballo levanta su pata derecha delantera.

CLAC

El caballo pisa al ratón.

Nadie ríe.

El perro rompe el silencio:
—Nunca me hubiera imaginado algo así de ti.
Esto no es una broma, es una canallada cruel.

El caballo resopla.

—Os ha sorprendido, ¿verdad? A partir de hoy todos los ratones me pertenecen. ¡Has entendido, gato? Deja de cazar ratones.

El gato asiente con la cabeza.

La paloma se agita angustiada.

—Todos hacemos travesuras alguna vez, pero esto ha sido de una maldad sin límites.

—¿Ah, sí? —responde el caballo—. Pues podría ser mucho más malo. Podría hacer saltar chispas con mis herraduras e incendiar la granja. ¡Podéis estar contentos de que me conforme con quedarme con los ratones!

—Tengo prisa —afirma el gato—. Tengo que recordarle al granjero que es tiempo de ordeñar las vacas.

Desaparece con el rabo entre las patas.

El caballo lo sigue con la mirada.

El perro mira entristecido al caballo:

—No te comprendo. ¿Por qué has aplastado al pequeño ratón? No ha sido nada divertido.

El caballo le responde en voz baja:

—El gato recibe su comida del granjero. Caza ratones solo porque se aburre, y luego los deja muertos en el suelo. El gato debe dejar a los ratones en paz.

Entonces el caballo levanta con mucho, mucho cuidado su pata derecha delantera.

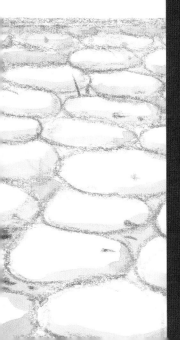

—¡Gracias! —chilla el ratón,
que estaba escondido dentro
de la herradura.

Para no llamar la atención del gato, todos se ríen lo más bajito posible de la travesura más bienintencionada del mundo mundial.